아리랑 DNA

# 아리랑 DNA

—

초판 1쇄  2020년 7월 17일
지은이  최성아
펴낸이  김영재
펴낸곳  책만드는집

—

주소  서울 마포구 양화로3길 99, 4층 (04022)
전화  3142-1585·6
팩스  336-8908
전자우편  chaekjip@naver.com
출판등록  1994년 1월 13일 제10-927호
* 본 시집은 2020년 부산광역시, 부산문화재단의 일부 지원으로 제작되었습니다.

부산광역시 BUSAN METROPOLITAN CITY  부산문화재단 BUSAN CULTURAL FOUNDATION

—

ISBN  978-89-7944-730-9 (04810)
ISBN  978-89-7944-354-7 (세트)

책 만드 는 집
시인선 149

# 아리랑 DNA

최성아 시조집

책만드는집

낯익은 길섶으로 곱다시 부르지 못한
귀 기울여야 들리는 풋풋한 저 울림들
갈무리 못다 한 걸음 해거름에 바쁘다

늘 푸른 가지마다 새소리 깃들기를
어둠을 걷어내는 어슴새벽 찾아들기를
은유의 그루터기에 꽃불 환히 잇기를

－2020년 초여름
부산 동래 최성아

| 차례 |

# 1부 비파비파 물이 든다

# 2부　걸음을 헹구고

# 3부 　아우성 잘라내며

# 4부  우듬지에 거는 달

# 5부　통일로 가는 바람

# 1부

비파비파 물이 든다

# 비파나무집

흔들리는 한 뼘 설렘 가지마다 그득하다
햇살에 퉁겨내면 맑은 소리 쏟아지는
따스한 설렘을 얹어
능청능청 휘어지던

키우고 떠나보내는 아름다운 이별 연습
끓인 가슴 칸칸마다 쌓이는 푸른 잎새
어머니 촉촉한 눈매
웃으시던 그날이다

달콤한 알톨들이 소문 없이 사라진 날
가장 낮은 음정으로 또다시 현을 켜는
초여름 담장을 건너
비파비파 물이 든다

# 실명제

여산댁 황산댁 이름보다 자주 듣는

장흥 어머니 텃밭 택호도 파릇하다

목에 건 고향을 두고 빼고 더할 게 뭐 있을까

# 터치 미

오가는 바탕 화면 길을 깜박 잃었다
말없이 소통하는 주문에 갇힌 채로
손가락 점자 하나로 누르다가 지우다가

빗나간 메뉴판에 당황이 스며들어
잔뜩 흐린 통신 장애 주파수가 흔들린다
등 뒤에 날아든 재촉 귓등까지 노을 지고

쉰세대 아니라며 꼿꼿이 뱉는 항변
식은땀 닦아내며 등허리 세워본다
꺼내면 가깝고도 먼
인공지능 앞에 선다

# 가을 전봇대

서늘한 낙엽바람
이사철이 됐나 보다

또 도지는 통증일까 덕지덕지 붙는 파스

월 셋에 보증금 없음
눈이 번쩍 뜨인다

# 아리랑 DNA

에움길 넘나들던 느려서 시린 걸음
동트기 빌고 앉아 손바닥 닳아가던
한 소절 메나리조에
목이 메는 사람아

타들던 가슴 반쪽 잔기침 쿨럭이며
열흘을 앓다가도 먹은 귀가 틔는 소리
걷어낸 어둠을 살라
붉어지는 사람들

바람은 흘러흘러 광장으로 이어진다
풀뿌리 얼싸안는 녹슬지 않을 노래
푸른 물 맥박이 뛰는
손에 손이 둥글다

# 경계를 넘다

성급하게 튀어나온 좀 거친 주먹이다

앞뒤 무를 수 없이 내뱉은 말실수다

건널목 절반을 덮친

트럭이 참 무겁다

# 봄 쇼핑

눌러담은 장바구니 체기가 가득하다
늘어선 변명 뒤로 이냥저냥 봄이 간다
코앞에 빠트린 석 자 꽃망울이 줄 선다

사치 한번 할까 보다 흔들리는 마감 임박
개나리 울타리에 할인이 쏟아진다
목련 잎 하얀 눈짓에 구매 버튼 누른다

# 리모델링

전기톱 회전 소리 요란한 실내 공사
꽁꽁 싸맨 벽 한쪽이 무너지듯 흔들린다
무거운 커튼도 걸고
투명 창을 닦는다

내 안의 거친 결도 대패로 밀어내면
지난날 그 무늬를 되살릴 수 있다 했어
벌어진 생각 무늬에
그려 넣는 꽃송이

긴 사각 잘라내고 짧은 쪽을 잇대본다
리모델링 한다는 건 시든 꽃에 물 주는 일
콩깍지 눈먼 시간이
둥근 액자에 피고 있다

# 한때

도시철도 역사 뒷면 그늘이 차지한 곳
햇살 한 줌 빌렸는지 연분홍 세 들었다
살포시 터 내리는 봄
꽃박자로 쉬어 간다

팔랑귀 비껴 부는 뿌리 깊은 나뭇가지
누구든지 환한 꽃띠 그런 때 없었을까
낮달이 가다 머물면 모과꽃이 또 핀다

# 뒷모습

가로수 벗나무 밑 얼굴 붉은 연서체가
숨지 못한 염문 되어 알몸으로 구르고 있다
떠나는 봄을 붙들고 허둥대는 버찌들

연초록 이파리에 뒤채는 짧은 만남
제 자리 찾지 못한 저 사랑은 얼룩일까
발아래 드러난 구설 땅거미가 품는다

# 변신

붕어빵에 붕어 없다 이런저런 말 많아도
온기를 나누려고 뭍으로 올라왔다
한입에 겨울 내음을 날려버린 저 역류

얇아진 지갑만큼 군것질이 배부르면
코흘리개 찬 손도 미소만큼 따뜻했다
첫눈이 내리던 골목 고소하게 감싸주던

누구나 쉽게 만난 오래전의 정든 이웃
포근한 외할머니 달콤한 입맛 같은
건너는 세한의 보폭 맑은 입김 흐른다

# 단풍의 고백

한순간 불꽃이다
아낌없이 쏟아내는

갈채받고 떠나라는
압화가 될 붉은 말씀

폭설에 묻혀서 남길
짧은 만남 긴 노래

# 임시정부청사

흐릿한 책갈피에 얼비친 핏자국들
망명의 살얼음판 타전된 밀지인 양
지워진 창문 저쪽은 봄기운이 감도는데

눈시울 붉은 상해 낯선 허기를 따라
덜 끝난 맺음말이 자막을 돌고 돈다
빌려 쓴 하늘 귀퉁이 가파르던 그 숨길

소원이 독립이던 발자취 찾아들면
정통성 입에 올리는 허상이 부끄럽다
뒤돌면 멀어질 것 같아
아리도록 주먹 쥔다

# 천리마

나른한 오후 세시 채찍을 또 휘두른다
거침없이 두드리는 말발굽 자판 소리
넓은 들 산맥을 다퉈 말 달리는 사람들

커서를 고삐 삼아 지평을 넓혀간다
새로 난 갈림길 앞 이름을 음각하며
여기는 웹 싸움 혈투 총포 소리 요란하다

온라인 저 광야를 거침없이 달린 말굽
익숙한 엔터키에 애마를 묶어두고
신인류 일용할 양식
지고 온 짐 부린다

# 시각 차이

근시 원시 굴절된 눈 교정할 일 정말 많지

삼삼오오 안경을 낀 많고 많은 눈높이들 똑같은 일을
두고 보는 법이 다른 건지 한쪽은 참 잘했다 다른 쪽은 대
역죄라 사죄하라! 물러나라! 삿대질이 일상이네 눈이 커
도 눈 작아도 있는 대로 읽지 못해 보이는 겉만 보고 편을
먹는 저 사람들 짧아서도 길어서도 제대로 볼 수 없는 않
는 눈 굴절각을 맞추느라 숨찬 이여! 그대 좁은 안목 대신
각을 깎고 맞춰야지 오목하니 볼록하니 수십 번 조율해
봐 그래야 제 눈에 안경 그 색안경 훌훌 벗지

색칠한
가짜 눈보다
잘 보이면 최고지

# 2부

## 걸음을 헹구고

# 두루마리 화장지

막 눈뜬 세포들이 아침을 풀고 있다

쟁여둔 긴 어둠을 군말 없이 비워가는

허투루 쓰지 말라는 둘둘 말린 바람길

# 우포 등背을 보다

늘배가 치고 가는 물보라 그물코 사이
이 빠진 햇살들이 등으로 자꾸 쏠린다
생각이 부평초로 뜨는
후줄근한 정오 무렵

또 한 짐 부려놓는 부지런한 늪의 등짝
지고 온 시간 건너 아버지 서 계시는
그 여름 허리춤 풀면
청개구리 울고 있다

# 꽃감기

목련이 다 이울고 벚꽃이 피는 동안
자판에 코를 박고 잔기침만 토하다
꽃인사 주고받기엔 잠긴 목이 길다

귓가에 쏟아지는 가쁜 숨 묻었는데
반기 든 입말들이 퍼 올리는 환한 햇살
뒤섞인 들숨 날숨에 봄 절반이 감긴다

신열이 도진 꽃병 어둑 창에 불 밝히면
자꾸 긋는 봄 테두리 두근대는 시간 있다
받아 든 작은 꽃잎에 흔들리는 꽃중년

# 변명

먹이를 쪼아대던 참새 떼 혼쭐난다
인기척 대피령에 흙발로 날아올라
전깃줄 흔들림에도 꽁지깃을 세운다

못 채운 허기들을 허공에다 뱉는 사이
쏟아진 눈총 더해 걸음발 헹구고 싶다
아직도 검붉은 시간
떨고 있을 날갯짓

# 수석

꼭 감싼 오랜 동행 결마저 닮아갈까

속엣말 품어 안은 갈피도 둥두렷하다

곱다시 그리던 우주

매듭 푸는 응어리

# 보수동

책방골목 들어서면 시간의 지층 있다
베일 듯한 각들이 무릎 나온 바지가 된
포개진 영상 뒤편에
텅 빈 버스 지나간다

책의 지문 찾지 못한 스마트폰 검색 범위
전쟁 통이 만든 패총 여긴 아직 쌓여간다
엘피판 흘러간 노래
머리 맞대 흐르는

# 이방인

뽑아도 뒤엎어도 어디서 나오는지
장마철에 더 드세지는 초대받지 못한 풀들
뿌리를 들추어내려
물집 생긴 손바닥

편지함 기웃대며 꼼수로 분탕 친다
메일을 잘못 열다 뒷목까지 화끈대는
읽은 것 게워내고서
차단벽 또 쌓는다

웹서핑 귀퉁이에 가시로 돋아나는
제 모습 꽁꽁 감춘 피투성이 말의 씨앗
나쁜 손 서로 빌리며 수천만 리 날고 있다

# 마을버스

끝없는 된비알을 앙다물고 달려가다
키 낮은 시장 어귀 바쁜 마음 줍고 있다
가까이 발붙이고 사는 이웃사촌 보폭들

마주 보고 웃어주는 치장 안 한 얼굴끼리
가다 쉬다 거북걸음 지친 하루 보듬는
등 굽은 마을을 지나
하늘 허리가 휘청한다

# 11월

아직 등은 따뜻하다 바람막이 한 장에도

내미는 손을 잡을 친구 있어 든든하다

벽 달력 남은 숫자는 단풍물에 푹 잠긴

# 달항아리

막사발이라 불리던 애틋한 그들 선택
둘이서 하나 되는 마디를 들춰보면
잡은 손 다듬어가는 부부라는 둘레다

순하게 뭉갠 시간 달의 사랑 차오른다
매무새 가다듬은 내력이 떨려오고
껴안은 금실 앞에는
달빛도 넉넉하다

# 진행 중

들불로 활활 타던 맨발의 항쟁 있다
아린 주먹 불끈 쥔 채 못다 푼 동학농민
사초에 불리지 못한 그날 다시 꺼내본다

폭정에 일어섰다 폭도로 낙인찍힌
숨어서 지켜보다 하나 둘 잊혀져 간
기념관 벽에서 뵙는 날 선 시대 서사들

괭이 대신 죽창을 든 그날의 핏빛 절규
우금치 석대들녘 검붉도록 내달렸다
이 땅의 꽝꽝 언 겨울 흔들리며 봄은 오고

죽어서도 못 아뢰던 할아버지 그 함자를
이젠 편히 가시라 훈장으로 걸어놓고
아직도 남은 왜바람 부릅뜨고 지켜본다

# 초록보살

긴 어둠 덜어내듯
이파리 살랑살랑

가만히 기대라며
그늘 풀어 보듬는데

경전의 손을 가졌네
닦고 있는 속다짐

# 별이다

여민 꽃대 풀어놓자 마주친 저 눈부심
낮아서 정이 가는 뭇별이 뜨고 있다
미리내 속삭임 함께 도드라진 가을 자리

별 볼 일 없는 둑길 참 멀리 건너왔다
아래위 아우르는 구절초 꽃별 무리
먹구름 오르내리는
지친 도시 환하다

# 박 켜러 가세

진짜 박도 호박도 아닌 황금박을 찾아가자

말쑥한 차림새에 웃으며 들어가서 헝클린 머리칼에 폭삭 늙게 변장하는 보이는 것이라곤 산밖에 없는 산울타리 전설로 남아있는 막다른 지구별에 계산 오류 궤도 이탈 강제착륙 우주선과 뜬금없이 도킹했다 한번 가면 잊어먹는 마약에 빠지는지 수천 명이 들어갔다 나오는 이 한 명 없고 몰려든 사람들의 호기심 울 밖으로 인생 역전 로또 맞이 흥부 아닌 놀부처럼 가짜 박을 모르는 채 게임에 홀린 잠꼬대 잭팟 신을 영접한다

기대가 무너지는 밤 쪽박 터지는 소리

# 며르치 만세

거인국에 잘못 든 난쟁이로 보지 마라!

멀대같이 전봇대같이 큰 키만 찾는 세상 요리상을 못 넘는 밑반찬이 내 자리다만 이래 봬도 뼈대 있는 가문에 태어나서 대대손손 온 힘 다해 자손 부흥에 힘을 쏟고 거친 파도 헤쳐가며 가꾼 몸매 매끈한데 작아도 알찬 몸을 알찬 줄 모르다니 틈만 나면 무시하고 엑스트라 격을 낮춰 해종일 불러대나 그래도 야무지게 바닥 닦으며 기다렸지 견뎌낸 시간만큼 봄이 돌아왔음이야 이 상 저 상 푸짐한 상 이름까지 얹은 축제, 굽고 찌고 또 익히고 날것으로도 찾더니만 봄 입맛 지나고도 조연 주연 줄을 서니 사무친 볼멘소리 입가심하듯 날아가네!

힘들다 울지 마시라! 웃을 일도 오더이다!

# 3부
## 아우성 잘라내며

# 양말 트럭

낙엽들만 뒹구는 퇴근길 한가운데
달려야 할 바퀴들이 멈춰 선 채 묶여있다
포장을 풀어놓으면 피어날 갈래갈래

문턱을 올라서는 기대치 돌고 돈다
발 디딜 터 고르는 취준생 어깨 위로
즐비한 생의 무늬가 삭바람에 매달린다

어디든 달리고픈 낙엽 닮은 이력서
포개진 시간 얼개 밑그림 그리고 있는
눈높이 자꾸 낮춘다
열 켤레에 오천 원

# 갯벌 유산

수만 평 애오라지 다 삭아 문드러져도

한 벌뿐인 작업복에 감추던 우리 아버지

밀물에 훌쩍 떠나시며 살림 밑천 내주신

# 배영

제철 맞은 대방어가 드러누워 시원한다
버티던 지느러미 접어 넣는 저녁나절
수족관 일렁거리는 물보라를 삼킨다

새물내 대학가를 한 발짝 걸친 채로
코 박던 수험서를 베고 누운 미생들
먹물빛 올려다보는
고갯짓이 무겁다

엄지 척 치켜세운 까치놀 본 것일까
미리내 수를 놓는 박제된 겨울 바다
돌아갈 마지막 물질 푸른 힘줄 세운다

# 붉은 소문


한바탕 휘몰아친
말ᄙ사태 흐드러진 날

근질대는 입 때문에
터질 듯 아슬하다

바람기 주체 못 하는
넝쿨장미 저 입술

# 소리 대장간

닿지 않은 말꼬리에 주눅 든 겉귀까지
흘러버린 몇 가닥이 목울대 감겨든다
굳은 채 들리지 않는 주문들이 쌓이고

희미한 안과 밖을 땜질하는 길이만큼
소리를 접신하는 민달팽이 앉아있다
귀엣말 떨림을 읽는 환한 출발 더하며

겉도는 줄 세우기 아우성 잘라내며
듣고도 못 들은 척 시치미도 문지른다
벌어진 그예 틈만큼 대장장이 바쁘겠다

# 소나기


버럭질 자주 하는 그날 그때 그 사람

술 깨면 싹 변하는 주사 심한 순둥이

설 자리 깨방정 떨며 심술 잔뜩 내고 있다

# 자리싸움

굉음으로 쇠를 깎는 철공소 지나는데
무쇠 고집 악어 눈물
여의도가 다가선다
초록이 짙어지도록 비켜서는 이 봄날

참살이 기도하는 손들을 뿌리치고
엎드려 줄서기로 표심을 구겨 넣은
유세장 박수만 받고 배고픔은 싹 잊었다

잡은 걸 왜 놓는데 버티는 막무가내
강철과 무쇠 사이 다 같은 쇠가 운다
바람이 꽃잎을 물고 귀를 씻는 다저녁

# 모성 증후군


별다른 증상 없이 제풀에 앓고 있는

꽃중년 기울기에 월세 들듯 자리 잡다

다 자란 자식을 품는 오랜 강의 일렁임

# 신풍속도 4

북극곰 눈물 보인 온난화 뒷전일까
도심은 냉탕 온탕 사우나 즐기는 듯
굵은 땀 흘릴 새 없이 남아도는 냉기들

시내버스 지하철도 피서지가 따로 없다
할인마트 작은 가게 보란 듯 팔고 파는데
노상엔 찾는 이 없는 무더위가 수북하다

# 이정표

칼집에 가두어둔 무딘 날을 만져본다
서늘한 중력 깔고 밀고 당긴 무지개
다 썩은 호박이라도 대쪽같이 잘릴까

나이를 먹는 것은 뱉는 말 모서리 갈고
듣는 말 가장자리 거친 면 삭이는 일
늦은 밤 귀를 후빈다
눈 감다가
다시 뜬다

메마른 단톡방이 불면을 부추기는
겨우 지핀 공분公憤도 밤이슬에 맥 풀린다
갓밝이 비쳐 드는 창
잊힌 길을 벼린다

# 까치발 엽서

딛고 설
땅이 없는
위태한 뒤꿈치들

괜찮다
몇 줄 글이
접힌 채 다가온다

온기도
가닿지 않는
안간힘을 또 읽는다

# 이면

앞만 보고 달려가다 뒷면이 보고 싶다
여름철 아니라도 북적대는 일광 해변
바다를 떠날 수 없는 사당 두 채 만난다

하루같이 풍어를 비는 꼭꼭 접은 소지 종이
금권에 밀린 도심 땅거미 밀려든다
비릿한 항구를 씻는 느티나무 눈빛 아래

여분의 이름 붙인 읽지 않는 이면지다
촘촘한 문장 중간 헐렁한 쉼표로 찍힌
자물쇠 발갛게 녹슨 바람문을 만난다

# 다시 널 부르면

반쯤 벌어진 햇살 바람방아 찧는 사이
손가락 살풋 내미는
봄 언덕 약속이다
진달래 불러들이는 사랑 첫 장 지문들

호들갑 볕살에도 손사래 치지 않는
수줍게 웃고 있는 민낯이 정겨워라
단 내음 꽃말에 물든
놀빛 기대 스민다

# 유감

장터가 어스레하면 빈 주머니 부끄럽다

체중 재고 면접 보고 실려 나간 읍내 장터 줄줄이 걸터
앉은 저 닮은 무리 본다 올해도 풍년이야 웃었던 게 화근
일까 씨알 굵은 한 상자에 고작 반값 헐값이니 바나나 망
고 향에 등 떠밀린 젊은 입맛 몰랐네 껍질 깎기 귀찮아서
멀리하는 시절인 걸 몰랐었네 불붙은 단풍 같은 붉고 긴
한숨 소리 훌훌 벗고 곶감 될까 차라리 홍시 될까

감꼭지 문드러지는 늦가을이 불덩이다

# 고양이와 쥐


입만 열면 거짓부렁 고양이 발목 잡는

　피땀 모은 나라 곳간 수시로 드나들던 지난 잘못 입 싹
닦고 배고픈 쥐라 하네 먼저 맛본 저들끼리 이 땅의 임자
라며 양심 불량 손과 손이 왕방울 들고 설치네 고양이 아
닌 고양이 저 목에 방울 달겠다며 눈만 뜨면 이빨 드러내
며 이글대는 저 쌍심지들! 떨어지는 나뭇잎에 얼굴 살짝
맞을 일에도 제 가슴 제가 먼저 후벼 파는 사람 두고 불난
집에 기름 붓고 얼굴에 철판 깔고 아전인수 적반하장 모
르쇠 타령이네


　밀쳐둔
　보릿자루 아냐
　표밭에도 뿔 돋네

# 4부
## 우듬지에 거는 달

# 꼬리연

줄줄이 거느렸다 꽁지에 불나도록
바람길 타고 넘다 날개도 휘청대는
그 겨울 주저앉은 채
날 수 없는 그림자

십여 년 신불자로 숨어 사는 맏아들 놈
대물린 가난 앞에 비틀대는 둘째 녀석
덜 꼽은 손가락 사이 고개 떨군 벚나무

줄 끊어진 어르신네 허공이 가파르다
등골 휘던 꼬리마저 떨어진 언덕 너머
알뜰폰 만지작대는
한낮 공원 흐리다

# 신풍속도 6

떡하니 보도 막은
목줄이 느슨하다

가늠자 비뚤어진
고집이 버티는 자리

강아지 많이 놀랄라
비켜서는 물음표

# 반전

느슨해진 보폭들이 낯설게 다가온다
과녁에 돌진하던 풀 죽은 매의 죽지
중심이 기울어가는
무딘 촉을 당긴다

달도 별도 다 맞출 듯 팽팽하던 활의 시위
비바람 끄떡없던 송골매 날갯짓들
박차고 다시 오른다
등줄기도 꼿꼿하다

# 수국

잊고 지낸 첫사랑이 집 앞에 서성인다

붉은 창을 비추며 흔들리는 송이송이

둥글게 고백을 얹은

줄다리기 애틋하다

# 병원 건너 건너

날마다 불을 밝힌 보이지 않는 25시
떨어지면 안 되는 별들을 싣고 오는
구급차 다급한 비명 응급실에 다가선다

링거액 몇 방울이 생명수 되는 시간
신열에 흔들리던 중심이 돌아온다
맥락의 가닥을 풀며 숨 돌리는 사람들

익숙한 불면증이 파편을 꺼낼 무렵
늘어진 공기 가르며 밤바람이 몰려간다
전봇대 단란한 까치
우듬지에 달을 건다

# 알로에 크림

보습제 바르다가 순간 숨이 멎는다
왜 자꾸 가려운지 헤아릴 줄 몰랐었어
어머니 건조한 몸에 보푸라기 돋았는데

야위고 거칠어져 수분이 마른 자리
때를 다 놓쳐버린 못난 손 거둘 무렵
붉어진 일기 한 줄에 새벽달이 머문다

# 숲을 보는 일

이따금 안개 풀어 산허리 감추다가
수풀의 대답 찾는 질문이 분방하다
우거질 진초록 예언 그림자를 지우며

떠도는 풍문들을 넌지시 받아치다
나무의 흠집 찾는 눈초리 각 세운다
편견이 착 달라붙은 위태로운 안목들

지척이 명산인데 산인 줄 몰랐을까
낮은 곳 아우르며 하늘을 떠받치는데
새소리 귀를 세우는 산등성은 푸르다

# 그림동화 책갈피


파도가 데려왔을까 첫길은 지워지고

따뜻한 손을 빌려 동화가 깨어난다

연홍도 뱃길에 남은
감탄사는 진행형

# 원근법

봄 문턱 함박눈도 앉는 대로 대접받듯
지키지 못한 자리 허방으로 드러난다
오가는 붓끝의 구도 안개 정국 흔들며

밝힐 일 덮을 일은 처음부터 선명하다
어지러운 중심 묘사 내밀한 움직임들
덧칠에 번져만 가는 가깝고도 먼 이웃

# 흔들리다

거친 활자 언어들이 호우로 쏟아진다
높낮이 가리지 않고 몰염치로 파고드는
주의보 읽기도 전에
수위 넘는 제보들

산 하나 허물도록 핏대 세운 모다깃비
장마도 질긴 장마 시류를 끌고 간다
묻힌 숲 단서를 찾다 반성문을 쓰는 밤

반듯한 궁리들이 거름인 양 엎드렸는데
가진 자 욕심 앞에 남은 건 얼룩 자국
참 오래 잊고 지내던 책의 서문 펼친다

# 가계부

가격은 일이천 원 큰길가 떨이 좌판
한 알을 더하다가
도리질로 빼내다가
소쿠리 몇 알 사과는 노을빛에 다 타는데

맞지 않은 셈 귀퉁이 은행잎이 날아든다
밑진 장사 갈피마다
쌓여가는 경고 딱지
울리는 통화연결음 백세시대 받들며

병마와 싸운 뒤에 점포마저 날아가고
꼬깃한 몇 장 지폐
주름 펴는 저녁 무렵
하나 둘 비워져 가는 저 과일이 웃음이다

# 하나와 하나

산과 산이 얼싸안아 산맥으로 우뚝 선다
물과 물이 손을 잡고 강으로 어우러진다
아리랑 아라리 고개
어깨춤에 꿈틀대는

한라서 백두까지 흰 옷자락 먼지 털며
칠십 년 가른 다리 단 하루에 건너간다
통일아 너를 부르면
동해물도 철썩인다

# 오늘도 물망초

가슴에
묻은 꽃은
잎 하나 놓지 못해

반 토막
내쉰 숨이
절반을 당겨 문다

짓무른
사월 눈자위
성긴 꽃대 돋는다

# 떡 하나 건네주면…


매서운 추위에도 절대로 놓지 않는

  도시의 밀림은 밤과 낮을 안 가리고 으르렁대는 벨 소리 입맛 쩝쩝 다시는 소리 생의 쓴맛 단맛보다 더 오묘한 존재 맛에 애지중지 품어 안듯 늦둥이 새끼인 듯 호랑이 무서워서 떡 하나씩 들고 사는 가진 것 뺏기고도 먹잇감 된 그 후예들

  해와 달 내려다보는데 동아줄보다 폰 줄

# 천형의 바람

색안경 벗겨내는 소록도 기행 일기

　그 작은 사슴섬엔 진실을 지우려는 알아도 말 못 하는
천형의 바람뿐이었다 울부짖다 돌아보는 바다는 눈물이
고 무심하게 철썩이는 파도는 벽이었다 떠돌다 날아드는
눈썹 없는 문둥이라 한센병 그 뉴스가 마을을 휘감을 때
곁에 가면 죽는다는 지독한 악연 같은 소문만 퍼져갔다
제 나라 땅에서도 그 누구도 찾지 않는 죄 없이 죄수가 된
강제수용 노동착취 온갖 고문 알코올 냄새 온기 없는 바
닥에서 남자들은 하나같이 왕조시대 거세당한 내시가 돼
야 했다 하늘 보기 부끄러워 눈 뜨고는 볼 수 없는 살아서
지옥을 산 선한 양 떼 그들을 찾아 굽이굽이 돌고 돌아 시
선을 여미면서 말없이 적어보는 단 몇 줄의 양심 고백

　치유의 소록다리를 건너 솔바람이 불고 있다

# 5부

## 통일로 가는 바람

# 소염항생제

함부로 딛는 비탈 더하기만 하다가
단단히 벼른 무릎 보름째 파업이다
좋다는 온갖 약들을 거들떠도 안 본다

허리며 손목까지 동참하는 농성 현장
말 없는 볼멘 상처 토라져 누웠으니
고름은 깊숙이 고여 빼내기가 어렵다

몸의 소리 귀를 여는 때늦은 반성에도
완치 처방 그 각도는 좁히기 쉽지 않아
곪는 일 가라앉히는
저 몇 알이 법이다

# 대왕고래

바다 땅을 경작하는 착한 농부 있었다
술고래 고래 잡기 생트집 잡는 동안
온몸이 쟁기였으며
바보 되어 웃었지

바다를 닮아가다 몸집도 바다만 한
그를 보았다는 입소문 다시 흘러
몸살 난 동해 밑바닥
헤집을 날 오겠지

# 신발 점占

어둑발 짙기 전에
비딱한 길 갈고 있다

앞날은 빛을 보라며
덤으로 내는 저 광!

신 내린 반 평 공간에
무지개가 걸린다

# 해거리

무작정 앞을 보다 옆길로 간 생의 여유
잎만 달아 가벼워진 감나무 가지 보며
사라진 감꽃 자리에 바스락댔을 잎새들

쉼 박자 헐렁 마디 감나무 리듬 맞추어
때를 안고 몸을 푸는 우듬지 달을 본다
비움과 채움 사이에 떨림 하나를 뚝 따며

# 줍다

첫 단추 꿰던 일을 변명만큼 잊어버린
윤기 다 빠진 가슴 돌아보는 다저녁
남은 건 밑지는 셈법 더하다가 빼다가

흘리고 다닌 조각 어디에 가있을까
어두운 터널 지나 이어지는 먼 모퉁이
시야를 벗어난 경계 흐린 초점 당긴다

# 월전리

달빛이 불러내는
바다 사내 베갯잇

하늘빛 이야기가
소리 낮춰 흘러드는

파도는 포구를 향해
아슴아슴 뒤척인다

# 차라리 드라마라면

명치끝 체기들은 언제쯤 풀어질까
톡 쏘는 사이다도 안방은 갑갑하다
드러난 실마리 정도 끄떡 않는 큰손들

발버둥 치는 만큼 가림막이 흔들린다
뒷배를 숨기려다 꼬리 반쯤 밟히는
틈새에 꾹 다문 비밀 묻힐 거라 믿는다

눈 밝은 사람들이 몰아가는 어둠의 끝
밟혀서 아린 풀잎 오뚝이로 일어선다
숨겨진 빙산의 모습 떠오를 수 있을까

# 칠두령*

언제였나 낯설지 않은
울림이 투명하다
청동기 뚜껑 열자 깨어난 가지방울
하늘땅 오가는 소리 흔들리던 저 비손

들숨 날숨 옛길이 차곡차곡 박혀있다
걱정을 날려 보낼 여백도 품어 안고
마지막 주술을 외는지
꿈자리가 딸랑댄다

* 복천동 고분박물관에 소장된 보물.

# 괄호 밖

나부끼는 깃발만큼 낯선 광경 이어진다
눈이 달린 관중석이 테두리 밖을 본 날
쏠리는 뭇시선에도 흔들림 없던 노래

내한 파리나무십자가 마지막 합창 무대
혼자만 입지 않은 의상 따위 상관없는
열어둔 괄호 이미지 도미노로 달려온다

꽉 조인 안의 반란 음표로 날아간다
일렬로 묶어놓은 아슬한 틀을 깬다
한 소년 못 갖춘 반쪽
청아한 그 목소리

# 저녁 강

마지막 숨을 몰아 쏟아내는 구어체들

빼곡한 말씀 뒷면 붉은 물 들고 있다

아우른 언저리마다 푸른 내일 덧대는

# 봉감모전석탑

그를 찾은 나들이 콩깍지도 첩첩이다
왈칵 쏟아내는 숨 단번에 빨려드는
박물관 유리가 아닌
풀밭에서 안긴다

순한 이 땅의 넋을 어르듯 모은 탑신
별빛을 읽어가며 불국정토 빌었을까
한 시대 드리워지는
긴 어둠을 사르며

그를 다시 부르면 오래된 단맛 난다
골 깊은 반변천가 익숙한 신라 내음
슬며시 등을 기대고
말이라도 걸고 싶다

# 조선의 뒤채

간당간당 보여주던 치마폭에 숨긴 재주
굴뚝 낮춘 양반가 떨림을 마주하면
꽃대를 에워쌌으나 벽을 넘지 못했지

난설헌과 함께했던 한여름 배롱나무
끓이던 마음 없어 저 홀로 붉어가고
남몰래 하늘을 보는
난을 치던 소녀 있다

# 바로 그

골 향해 얼음판을 저렇게 달린다면
통일로 가는 철도 남북을 잇고 남겠다
단일팀 아이스하키 덧대보는 말의 생략

한발의 양보 끝에 아리랑 흥얼대며
설원에서 빙판에서 응원 소리 차오른다
꽃샘이 끝나는 자리 봄 내음도 퍼진다

거울에 비쳐 드는 빼닮은 모습 본다
에움길 고개 어디 나직이 닿아있을
끊어진 넝쿨을 이어 씨줄 날줄 엮는다

# 돈의 눈

이리저리 살펴대는 천리안 눈 좀 보소

두더지도 굼벵이도 눈은 붙어있다지만 지척도 구별 못
할 형편없는 눈이라고 아 글쎄 이 좀 보소! 동물도 아닌
것이 식물도 아닌 것이 눈 같잖은 눈이지만 시력 하나 끝
내주오 돈 들어온 지갑인 줄 어찌 그리 잘 보는지 구렁이
담 넘어가듯 새나가는 꼴이라니 용하다고 소문이 난 하마
앞에서 하품하듯 채 하루 가기 전에 나갈 길녘 만들잖소
발품 팔고 잠 못 자고 허리 휜 사람들 정직하고 착한 매무
새 날갯죽지 팍 꺾어도

언젠가 플러스 잔고
그런 날도 안 오겠소

# 동래읍성 해자

낫 들고 곡괭이 메고 뛰어든 항전이다

지하철 공사장이 동래읍성 해자라니 처절했던 임진왜란 뒤엉킨 주검들이 유기됐다 돌아왔다 사초 깁던 실타래를 한 올 한 올 헤집다가 절규로 말라가던 집집을 건너가면 조총을 맞은 여인 칼에 잘린 유아 인골 동래성이 뚫린 날을 증언하는 목소리들 녹슨 칼 손잡이는 삭아서도 살아있는 죽어도 굴복 않은 부릅뜬 저 충정들

아직도
끝나지 않은
호령이 쟁쟁하다

# 언어의 풍경 속으로

이은지 문학평론가

## 미메시스를 미메시스하기

독일의 문예비평가 발터 베냐민은 미메시스 능력을 인간이 지닌 최고의 능력으로 규정한 바 있다. 어린아이가 어른의 행동을 흉내 내며 세상을 깨치는 데서 알 수 있듯이, 자신의 외부에 있는 것을 모방하는 능력은 인간의 생존과 성장에 필수적이다. 또한 인간은 미메시스를 통해 자신의 외부에 있는 것들 간의 유사성을 파악하고, 자신의 내부와 외부 간의 유사성을 발견함으로써 세계를 읽고 해석할 수 있다. 별들의 운행으로부터 우주의 이치를 파악하고 불꽃의 일렁임 속에서 자신의 운명을 읽어낼 수 있었던 고대의 인간은 세계를 해석할 수 있기에 전능했다.

그러한 원시적이고 마술적인 미메시스의 힘을 오늘날의 인간은 영영 잃었지만, 고대의 힘을 간직한 마법의 돌처럼 언어는 그 능력을 보존하고 있다. 그러나 돌에 깃든 힘을 불러내려면 특별한 주문을 외워야 하듯이, 언어에 깃든 미메시스의 힘을 불러내기 위해서는 언어를 특별한 방식으로 사용해야만 한다. 세계와 인간이 긴밀히 결합되어 있던 과거에 그랬듯이 서로를 읽고 해석할 수 있도록 언어가 인위적인 장치가 되어주어야 하는 것이다. 즉, 언어는 단순히 눈앞에 놓인 세계를 가리키는 데 그치지 않고, 세계에 대한 인간의 심상을 세계에 투과시킨 뒤 인간으로 하여금 그것을 읽어내도록 한다.

언어가 기이하고 복잡한 주문이 되어 세계와 인간을 다시 매개할 때 언어는 미메시스의 미메시스, 즉 인간의 심상을 세계에 읽히고 이를 인간이 되읽는 행위를 마술처럼 불러낼 수 있다. 그런 행위의 총체인 문자예술 중에서도 정형화된 형식이 돋보이는 시조는 이 마술을 불러들이기에 퍽 적합해 보인다. 글자 수를 한정하여 대상을 가리키는 시조는 언어를 극도로 정제하고 선별하여 언어의 주술적 성격을 극대화하기 때문이다.

최성아의 『아리랑 DNA』가 특별히 그러한 언어 행위의 집합으로 여겨지는 것 또한 시조의 형식상의 미덕에 충실하기 때문일 것이다. 3·4조를 원칙으로 배열된 언어들은 시인의 일상과 주변 세계를 단정하게 옮겨놓고 있다. 가지런히 옮겨진 풍경과 사물들은 시인의 의식과 심상 또한 담담히 되비쳐 보인다.

즉, 시인과 세계는 시조를 매개로 서로를 충실하게 비추고 있다. 최성아의 시조는 소박한 형식 속에 담긴 평범한 일상을 통해 세계를 읽어내고 세계로부터 되읽히는 언어의 마술을 구사하여 읽는 이에게 귀감이 되어준다. 난해하고 요사스러운 언변을 동원하지 않고 일상의 모습을 보통의 언어로 꾸준하고 성실하게 들여다보는 것만으로도 얼마든지 고대의 잃어버린 능력을 회복할 수 있음을 깨우쳐 주기 때문이다.


### 언어에 지문을 남기기


무수한 텍스트가 실시간으로 난무하는 현대사회의 디지털 환경은 언어의 미메시스 능력을 꺼뜨리기에 가장 최적화되었다고 봐도 무방하다. 시인은 그러한 환경이 일상에 깊숙이 침투하는 것을 염려하고 또 경계한다. 이러한 경계심은 시인으로 하여금 매끄럽고 변화무쌍한 터치스크린 위를 범람하는 "말없이 소통하는 주문"(「터치 미」)에 속수무책으로 끌려가기보다 부러 길 잃고 방황하게 한다. 정해진 길로만 막힘없이 흐르도록 암호화된 디지털 환경 속에서 돌연 멈춰 서는 이러한 몸짓은 그곳을 읽고 해석하는 주도권을 시인의 손에 넘겨준다.

멈춰 서 있기에 정적이지만 몸소 읽어내기에 동적인 이 관조의 순간에 온라인 세계는 멀리 지평선이 내다보이는 '광야'에

육박한다. 사람들은 "거침없이 두드리는 말발굽 자판 소리"를 내며 "커서를 고삐 삼아" "온라인 저 광야를"(「천리마」) 요란하게 내달린다. '디지털 노마드' 개념을 한 폭의 역동적인 풍경으로 재치 있게 풀어낸 이 시조는 자판을 두드리며 저마다의 업무에 몰두하는 "나른한 오후 세시"의 풍경으로부터 이끌어낸 것으로 보인다. 디지털 환경을 경계하고 관조하는 태도는 그러한 환경에 매몰된 일상을 새로운 의미로 풀어내는 마술적인 언어를 구사하게 해주는 셈이다.

그러나 일상을 비일상적인 것으로 변모시키는 계기는 쉽게 주어지지 않을 뿐만 아니라 의식적인 수련을 필요로 한다. 온라인을 떠도는 텍스트들은 일차원적인 자극과 반응만을 유도하는 요설에 가까운 것들이며 예고도 없이 수시로 일상에 침입한다. 가령 스팸메일은 "뽑아도 뒤엎어도" 끊임없이 자라나는 잡초처럼 메일함에 날아든다. "제 모습 꽁꽁 감춘 피투성이 말의 씨앗"(「이방인」)은 손끝 하나 잘못 까딱하면 불쑥 고개를 들이밀기 일쑤다. 다시 돋아날 것을 알면서도 번번이 잡초를 솎아내는 심정으로 가시 돋친 무의미한 말들을 게워내는 행위를 반복하는 것이야말로 이 시대를 헤쳐나가기 위해 요구되는 고행이 아닐는지.

시인의 이러한 고행은 온라인 세계에만 해당되지 않는다. 온라인 세계의 흐름과 속도는 오프라인 세계를 장악한 지 오래이다. 아니, 어쩌면 반대로 온라인이야말로 입말이 무시로 뒤엉

키고 휘몰아치는 오프라인의 속성을 고스란히 받아들인 것인지도 모르겠다. 그렇다면 온라인 세계를 경계하는 시인의 태도 또한 오프라인 세계를 살아내면서 체득한 것일 수 있겠다. 시인은 오프라인에서 맞닥뜨리는 무수한 말들의 파고에 휩쓸리기보다, 그 형상을 일상의 풍경으로부터 겹쳐 읽어내는 미메시스적 마술을 구사하는 편을 택한다.

가령 시인은 불쑥 튀어나와 건널목을 덮친 트럭의 모습으로부터 "앞뒤 무를 수 없이 내뱉은 말실수"(「경계를 넘다」)를 겹쳐 읽는다. 저녁노을에 붉게 물들어 흐르는 강물은 "마지막 숨을 몰아 쏟아내는 구어체들"(「저녁 강」)과 같다. "거친 활자 언어들"은 "호우로 쏟아"지며 "높낮이 가리지 않고 몰염치로 파고드는"(「흔들리다」) 것이 장맛비가 딱 그러하다. 말의 형상을 풍경으로 겹쳐 읽는 것은 입말의 수군거림을 멈춰 세우고 그 속도와 형태를 굳혀 일정한 거리를 두고 바라볼 수 있게 해준다. 입말을 시적으로 관조하는 것이야말로 입말과 정면으로 대결하고 입말의 소용돌이를 넘어서게 해준다.


이면의 내력을 읽기

시인으로 하여금 이러한 고행을 자처하게 하는 원동력은 무엇일까? 그것은 바로 나이 듦이다. 나이 듦은 가던 길을 문득

멈추어보게 하고, 지나온 길을 돌아다보게 하며, 가지 않은 길 혹은 가보지 못한 길을 굽어보게 한다. 나이 듦이 가지는 고유한 정지와 느림의 사유에는 기민함보다는 둔중함을, 신속함보다는 쉬어 감을, 편리함보다는 불편함을 미덥게 하는 범상한 재주가 있다. 나이 듦에는 거칠고 뾰족한 말들을 무디고 무르게 마모시키는 숭고한 묵묵함이 있다.

> 나이를 먹는 것은 뱉는 말 모서리 갈고
> 듣는 말 가장자리 거친 면 삭이는 일
> 늦은 밤 귀를 후빈다
> 눈 감다가
> 다시 뜬다
> ─「이정표」부분

　뱉는 말의 모서리를 갈고 듣는 말의 거친 면을 삭이는 나이 듦의 공예는 세월의 풍파를 그대로 머금은 자연 속 풍광에서도 거듭 발견된다. 자연 속의 사물들은 그 존재 자체가 시적 언어의 고행을 닮아있다. 가령 단풍은 긴 세월을 통과하고서야 존재할 수 있는가 하면 한 계절 찰나만을 지내고는 흙으로 되돌아갈 숙명에 처해있다. 이 가혹한 운명이 응축된 단풍의 존재는 "압화가 될 붉은 말씀"이자 "짧은 만남 긴 노래"(「단풍의 고백」)로서, 그 자체로 시적이다. 그런가 하면 누군가의 거실에

덩그러니 놓여있을 수석은 "속엣말 품어 안은 갈피"에 숱한 세월이 아로새겨져 있어 "곱다시 그리던 우주" 같고 "매듭 푸는 응어리"(「수석」)와도 같다.

우주의 나이 듦이란 영겁처럼 끝이 없어 마치 멈춰있는 것과 같은 상태일 것이다. 어쩌면 모든 멈춰있는 것에는 저마다의 우주가 깃들어 있어, 멈춰있는 것을 들여다보는 것은 곧 우주를 들여다보는 것인지도 모를 일이다. 그렇게 시인은 고대인들이 별무리에서 세상을 읽어냈듯이, 지척에 널린 일상의 숨죽인 풍경으로부터 우주의 흔적을 길어 올린다. 그 길어 올린 흔적을 뒤적이다 보면 수확을 한 해 거르며 "잎만 달아 가벼워진 감나무 가지"에는 감 대신 달이 매달려 있는 것이다. "비움과 채움 사이에 떨림 하나"(「해거리」)처럼 걸린 달이 감나무의 섶 속에서 비로소 오롯하다.

비워내고 쉬어 가기에 충일하기 그지없는 이 우주적 순간들은 그렇지 못한 현실의 틈새에서 발견되기에 값질 뿐 아니라, 쉼 없고 비움 없는 현실의 악다구니를 더욱 유감스럽게 한다. 해거리도 마다 않고 성실하게 무르익었을 감이, 껍질 깎기 귀찮아하는 젊은 입맛에 등 떠밀려 푸대접받는 시장 좌판의 풍경은 망연하다. 감이 있지만(有感) 감이 팔리지 않아 유감스러운, 재치 있는 작명의 이 시조에서 감은 팔리지 않으니 "곶감 될까 차라리 홍시 될까" 애면글면하다가 "감꼭지 문드러지는"(「유감」) 처지에 놓여있다.

이처럼 시인은 효율에 치여 홀대받는 사물과 풍경 들이 오랜 세월 삼키고 삭혀온 내밀한 이력을 솜씨 좋게 읽어낸다. 시대를 거스르며 모난 말들을 궁굴리는 시적 수련 속에서 돌의 지문이, 감의 역사가, 생활의 이면이 돋올하다. 그 무늬와 향기가 천 년의 풍파를 버티고 선 돌탑의 그것을 닮는 것은 결코 우연이 아닌 듯하다.

> 그를 다시 부르면 오래된 단맛 난다
> 골 깊은 반변천가 익숙한 신라 내음
> 슬며시 등을 기대고
> 말이라도 걸고 싶다
> ─「봉감모전석탑」부분


## 작고 지친 것들을 돌보기

결국 인간이 잃어버린 미메시스 능력을 되찾는 것은 일상의 그늘진 틈새를 들여다보는 데, 나아가 그 틈새를 언어가 들여다보도록 하는 데 있는 듯하다. 무심하게 지나치기 십상인 일상에 한 줌 볕처럼 언어의 풍경이 들어선다. 낮은 곳 구석진 곳까지 보듬고 함께 어우러지려는 마음 씀은 오랜 역사의 시련을 함께 통과해 온 이웃들 간에 공통된 정서는 아닐까? 그러한 기미를 표제작「아리랑 DNA」에서 찾을 수 있다. 구슬픈 아리랑 곡조는 "에움길 넘나들던 느려서 시린 걸음"과 "동트기 빌고 앉아" 닳은 손바닥을 가진 사람들이 "타들던 가슴"을 앓다가도 "귀가 틔는 소리"이다. 아리랑 곡조는 "풀뿌리 얼싸안는 녹슬지 않을 노래"로서 손에서 손으로 어우러져, 광장으로 흐른다.

시대의 어둠을 "한 소절 메나리조"로 얼싸안으며 고난을 타넘고 서로를 돌보는 마음은 마치 DNA처럼 공동체 내부에 깊숙이 각인되어 있는 것도 같다. 당장 겉으로 드러나지 않을지라도 찬찬히 들여다보면 작고 정겨운 것들이 눈에 밟히는 까닭은 그런 DNA가 발동하기 때문인 것도 같다. 좁은 비탈 마다 않고 "키 낮은 시장 어귀 바쁜 마음" 주워 들고 실어 나르는 마을버스의 바지런함은 "가까이 발붙이고 사는 이웃사촌 보폭들"(「마을버스」)을 빼닮은 듯 보이고, 취준생의 "발 디딜 터" 되어줄 "열 켤레에 오천 원" 양말 꾸러미에 "즐비한 생의 무늬가 삭바람에 매달"(「양말 트럭」)려 나풀거리는 풍경들에서는 구슬프지만 끝내 무너지지 않는 아리랑 가락이 묻어나는 것만 같다.

우리 공동의 정서에 눈길을 주고 귀 기울이려는 시인의 노력은 시조가 배경으로 삼는 공간을 통해서도 드러난다. 독립운동의 근거지였던 상해임시정부청사의 구석구석을 곡진하게 살피는 눈길은 단지 그 공간이라는 이유만으로도 각별하다.

흐릿한 책갈피에 얼비친 핏자국들
망명의 살얼음판 타전된 밀지인 양
지워진 창문 저쪽은 봄기운이 감도는데


눈시울 붉은 상해 낯선 허기를 따라
덜 끝난 맺음말이 자막을 돌고 돈다
빌려 쓴 하늘 귀퉁이 가파르던 그 숨길
　　　－「임시정부청사」부분


　그런가 하면 한센병 환자들이 격리되어 갖은 편견과 혐오의
온상이었던 소록도를 방문하고 썼을 시조는 또 어떤가. "제 나
라 땅에서도 그 누구도 찾지 않는 죄 없이 죄수가 된" 이들의 흔
적을 찾아 나선 기행 일기가 한 편의 시조로 거듭난다. "살아서
지옥을 산 선한 양 떼"가 머문 자취를 되새기는 "단 몇 줄의 양
심 고백"(「천형의 바람」)이 곧고 단단하다.
　잊혀온 것들의 소중함을 일깨우는 시인의 눈길은 밥상의 흔
한 반찬 멸치에도 가닿는다. "거인국에 잘못 든 난쟁이로 보지
마라!"라고 말하는 멸치의 기상이 호기롭기 그지없다. 밑반찬
자리를 못 벗어날지언정 "뼈대 있는 가문에 태어나서 대대손
손 온 힘 다해 자손 부흥에 힘을 쏟"으며 "작아도 알찬 몸" 가꿔
왔음에 자부심이 넘친다. "힘들다 울지 마시라! 웃을 일도 오더
이다!"(「며르치 만세」) 우레 같은 멸치의 외침에 한바탕 웃음이

나다가도 어딘지 모르게 위안이 되는 것은 멸치축제에 주연급 자리까지 꿰차게 된 멸치의 성공담 때문만은 아니지 싶다. 작으면 작았지 결코 하찮지는 않은 우리의 삶이 제 나름으로 여물면 갖추게 될 기백이 멸치의 그것에서 어렴풋이 엿보이기 때문일 것이다.

\*

우리의 삶과 세계를 언어로 읽어낸 풍경에는 삶과 세계 속에만 몰두해서는 결코 발견할 수 없는 것들이 아로새겨져 있다. 최성아의 시조에는 바삐 지나쳐 가는 것들을 멈춰 세우고, 멈춰 선 것들을 오래 들여다보고, 그늘에 묻힌 것들에 한 줌 볕을 비추는 꾸준한 정성이 깃들어 있다. 땅속에 잠들어 있던 고대의 유적을 일으켜 세우듯이, 시조의 소박한 한 소절 한 소절마다 우리 주변에 감춰진 것들이 맑은 민낯을 하고 정답게 불러내어진다.

고대인들의 미메시스 능력이 범상한 것으로 여겨진 까닭은 '씌어있지 않은 것'을 읽어낼 수 있었기 때문이었다. 누군가에게는 그저 무의미하게만 보이는 나무의 주름이나 거북이의 등껍질에서 누군가는 신비로운 의미를 읽어낸다. 시인은 마치 고대인으로부터 물려받은 능력을 구사하듯이 씌어있지 않은 것을 무던히 읽고 또 써 내려간다. "내 안의 거친 결도 대패로 밀어내면/ 지난날 그 무늬를 되살릴 수 있다"(「리모델링」)는 마음으로 시조가 씌고 읽힐 적마다 거듭 밝혀질 유적 같은 세계가 한 묶음의 시집 속에 고요히 묻혀있다. "온기도/ 가닿지 않는/ 안간힘을 또 읽는"(「까치발 엽서」) 마음으로 사물의 시원을 주술처럼 일깨우는 시조의 순한 가락이 읽는 이의 마음 한편에도 무시로 스밀 것이다.